许诺——深爱的海

姜海燕 著

文化艺术出版社

图书在版编目（CIP）数据

许诺深爱的海 / 姜海燕著. —北京：文化艺术出版社，2017.12
ISBN 978-7-5039-6428-2

Ⅰ.①许… Ⅱ.①姜… Ⅲ.①诗集—中国—当代Ⅳ.① I227

中国版本图书馆CIP数据核字(2017)第308198号

许诺深爱的海

著　者	姜海燕
责任编辑	巩建华
书籍设计	李鹏
出版发行	文化藝術出版社
地　址	北京市东城区东四八条52号　（100700）
网　址	www.caaph.com
电子邮箱	s@caaph.com
电　话	（010）84057666（总编室）84057667（办公室） （010）84057691　84057699（发行部）
传　真	（010）84057660（总编室）84057670（办公室） （010）84057690（发行部）
经　销	新华书店
印　刷	国英印务有限公司
版　次	2018年1月第1版
印　次	2018年1月第1次印刷
印　张	8
字　数	60千字
开　本	880毫米×1230毫米　1/32
书　号	ISBN 978-7-5039-6428-2
定　价	38.00元

版权所有，侵权必究。如有印装错误，随时调换。

生活的赞美诗

程宝山

中国是文化古国,也是一个诗的国度。从古到今,无论是战乱年代,还是和平时期,都会有大量的诗词作品出现。古老的《诗经》,优美的唐诗宋词,革命的近现代诗歌,等等。这其中既有名冠史册、流传古今的诗词大家的作品,也有一些当时并未出名、后来成为很有成就的诗家词人。我们眼前的这部新诗集《许诺深爱的海》,就是一位正处在成长中的年轻女诗人姜海燕的处女作。

诗词同其他艺术形式一样,最初本无业余和专业之分。很多写诗的人,开始时只是一种兴趣和爱好,坚持下去就成了专业作者,成了诗人。《诗经》是公认的中国诗歌的开山奠基之作,但它却是几千年前我们的普通先人的咏唱之作。鲁迅说过,世上本没有路,走的人多了,也便成了路。诗人也一样,本来没有名,你总是在写，笔耕不辍，发表的作品多了，也就成了诗家名人。从这个意义上说，我们要赞美那些写诗作词的年轻人和初学者，要感谢他们的激情和创作，不断地用他们的辛勤劳动丰富着诗词宝库，使我们这个爱诗的民族时时都能品赏新的诗作。我们需要名人大家引领诗的前行，也需有人跟进，让诗者的队伍不断壮大。

我不是诗人，虽然偶尔也写上几句，只是自我欣赏而已。对于海燕的诗集，我很难从专业的角度给以评论。但是读了这部诗集，还是让人有一种很享受的感觉。就如同读一篇诗的散文，让你从一个寒冷的冬天，回到了多彩的秋天、激情的夏天、明媚的春天一般，有很多心灵的触动和生命的遐思。特别是诗中所流露出的对人生的思考、对事物的观察、对情感的描述及对梦想的追求等等，无不展示着诗人青春的活力、心灵的纯净和情感的真挚。虽无名家的辛辣和深刻，却有时代的灵动和清新。这种对生命对生活的思考、感悟甚至是拷问，用诗化的语言来表述，更能让读者体会诗人的内心世界和真情实感。用诗的语言与人交流更能感染人、打动人，实现诗人与读者的沟通。这是诗的力量所在，是文学的力量所在。

海燕的诗还给人一个突出的感受，就是诗的笔触不是惊天动地的大事，而是人的一年四季，朝朝暮暮的日常生活，是一些再平常不过的事物景象，而她的诗就是从这些日常生活的事物中生发出来的灵感。正因为如此，海燕的诗细腻、生动、鲜活，与人的心理比较贴切，哲理与生活融为一体，恰似涓涓细流，诗意暖人。这再次说明，文化的源头是生活，诗的灵动同样来自生活。只有善于观察、细心体会和热爱生活的人，才能写出有意境的好诗来。

　　生活中有诗，是因为生活本身就是诗。用如火的青春、纯净的心灵、敏锐的视觉去拥抱多彩的生活，拥抱伟大的新时代，必定会有更多的新一代诗人成长起来，中国的诗坛必定会更加绚丽多姿，丰富多彩。

　　但愿像海燕一样热爱诗歌的新人，能真诚地热爱生活，在生活的沃土中发掘更多的诗情，创作出更多的作品，在诗的园地里更加扎实地成长。

丁酉初冬于北京
2017 年 12 月 15 日晨

目录

第一章　暗香　深溪　致远

孤独地一个人走	2
秋思	5
海	7
另一个时空的少年	10
素·念	13
隧道	15
相信	18
藤枝蔓延	20
你说	23
清醒	25
盘桓	27
梦想	30
寻	32
回声	34
绽开的花儿	37
逆流而上	39
飘	42

瓶底的人	44
清菊·简单	47
流浪	50

第二章　缘愁　万重山

壶口瀑布	56
予儿的美妙	59
卜算子·青萝	61
海面上的倒影	62
颤抖	64
秋来	65
忧愁	67
春来了	70
浅春	72
离殇	73
爱上一片海	76
氤氲忧伤	77
在路上	80
结晶的珠子	82
面具	84
七月	86
苏梅岛	89
落羽	92
我想紧紧抱你	94
爱是缘	99
一隅	101

一个失意的老人	103
生日快乐	105

第三章　年华幽意　皆盈盈

时间的蔷薇	108
有那么一天	111
一座陌生而熟悉的城	114
塞外	117
北方人	119
想飞	121
浪淘沙·同窗	123
天堂	124
栀子花又开	126
小予儿	128
九月	131
感恩生活	134
天涯	137
我不会	140
时光覆盖的芬芳	144
牵着手的陌生人	146
人生	148
小鱼儿	150
雪	152
我是我镜中的我	155

第四章　风漫　相思路

千年之吻	160
北方姑娘	162
图兰朵	165
凉夜	167
卜算子·十年	169
倘若	170
错过	174
请把爱情留下	177
风中话	180
心门	183
你从遥远又熟悉的海边来	185
远方的人	187
记忆的温度	189
我想和你去远方	191
夜	194
两个人的孤岛	196
爱来过	198
虞美人·蝶恋	200
桃花的颜色	201
隐藏的记忆	203
分离	204
距离	206
一	208
今夜·那夜	211

温度	214
丢了自己	215
你和她之间	217
在吗	219
无尘	221
缘尽魂飞	223
勾勒的验	226
你忘了吗	227
结茧的心	229
假如爱有天意	231
未央	233
微露	235

第一章　　暗香

　　　　　　深溪

　　　　　　致远

孤独地一个人走

我可以孤独地一个人走吗

小心翼翼地

用手捧着冰凌花

爬上那高高的海拔

我可以孤独地一个人走吗

光着脚丫

捡奇异的贝壳

踩在温润的沙滩上

我可以孤独地一个人走吗

潜到光影斑驳的海底

窥视隔绝的神秘

和那里的精灵们来次亲密对话

我可以孤独地一个人走吗

看尽来路繁华

穿越那幽长的隧道

固执而坚定地追随前方诱人的亮光

我就想孤独地一个人走

请不要来陪我

我把胸前的哨子吹响

迎面的艰险岂能改变前进的方向

我就想孤独地一个人走

请不要留我

我就是要踏过枯枝和凋零的叶

去追逐远处的芬芳

我就想孤独地一个人走

请不要想我

我自由的心如果没有去流浪

怎对得起一岁一岁换迚的年装

我就这样孤独地一个人走

裹着一颗不孤单的心

哪怕是

跋涉在崎岖蜿蜒的小山上

有累累伤痕在身　又何惧

登临山顶

迎着风

胜利的号角

自会满山回荡

相信我

不要怕我一个人孤独地走

总有一天

在我期许的殿堂

我们一定可以相遇

那时你会赞美我

赞美永远孤独的我

秋思

于忙碌中采撷一朵悠闲的小花

于徘徊里轻舀一瓢温暖的清水

然后

于无边无际的苍穹上用力拉开黑黑的顶盖

刺眼的天光

一下子

就照在了我们的身上

在深秋叶落满地的小路边

似乎听到了叶子欢笑的声音

原来

悲伤只是我们自己的想象

自由的鸟儿再劳累

也会去飞

停在枝头上的鸣唱

只是一时的疲惫

南去的大雁再遥远

也会回来

一字排开的阵势

只是为了不要掉队

我们呢

倘若生活给了我们考验和未知

你会犹豫退缩吗

不要偷偷贴着我的耳朵告诉我

你看到太阳掉眼泪的事儿

我们

欣然又勇敢地接受

不好吗

海

诗　总是在笔尖随着心吟出

我从不刻意地去描述

就像

有人给了我一片海

在我有梦的年纪

让我这个本来就属于海的人

在海里

任性挥霍了所有的青春

从年少青涩到濯濯芳华

海的颜色

也从透明变成深蓝

在海里

我总是要踏浪而来

这样才能自由我的灵魂

在海里

我总是要踏浪而去
那样才能摇摆我的赤诚

给我海的人纵容我踏浪
我也不想
在跃升跌落的浪里绽放成为龙芽
于是　如愿
我是这么幸运的女子

海知道
每一次浪与岩石猛烈的撞击
都是我在祈求
祈求自己
可以虔诚地
在浪花的激荡里接受洗礼
远去的
和将要来的浪
都见证了我的坚定不移

暗香
深溪
致远

另一个时空的少年

很远很远的时空

亮着一束光

逆着光的方向

有个英俊的少年

他的双眉浓密

睫毛很长

还有高高的鼻梁

在解放三路的街上

少年背着画板在游荡

他的眼睛深邃清澈

内心很动荡

额前的发

一缕一缕

闪着不羁的光芒

火车的汽笛在呼啸

唤醒了往事一幕一幕

少年转过身

神情很坚毅

他手里燃着烟

面前是蝶舞般旋绕的游丝

少年向往那北方

金瓦琉璃的世界里

隐匿着密不透风的景象

张扬着流光溢彩的希望

那里的梦想连着天堂

洁白轻柔的云朵飘在红墙之上

或许　还有一个

期待已久纯洁美丽的姑娘

素·念

你看到

竹林里的闲庭信步

是有人

刚刚讲完沧桑故事后的落寞踌躇

你看到

咖啡屋里的悠闲自在

是姑娘

拭过汗水匆忙赶路的片刻停留

隐去的

是坐地而起的风

是寂寥凶猛的火

是轰隆乍响的惊雷

那么多的花枝和小鸟啾啾

那么多的墨香和绿萼欲染

只不过

是在繁芜丛杂的人世里

有一双

寻找自由的眼睛

和那一点点着了色梦幻的向往

情绪的蔓藤

密密麻麻盘绕着的时候

相信美好的存在

焦虑的心

自会恬淡安静下来

在一个又一个忙碌的空隙里

感受

朝露和暮霭的神奇

或是精彩

隧道

我从光明中猛地进来
身上
还存留着太阳的亲吻
昏暗中
有一种牵引
带着神秘的魔力

那隧道
总是有短有长的吧
在不觉中踏入的时候
都看不到尽头
须臾迟钝
便呼啸而过
驶过
却徒增了更多迷茫

时间
在空间静止时格外拘束
只是
凝眸车窗外
轰鸣中总是响着声声呐喊
眩晕里也闪着黯淡霓虹
我知道
再长的隧道
远处还是有光

从来
都笃定坚持的神奇
也相信直觉
我信
躯体便会生出无畏的翅膀
展开就可以飞

就嗅着温暖的味道前行啊
或者
用力低缓地飞
从光明到黑暗
再到光明

17

暗香
深溪
致远

隧　　道

相信

有梦想的人都会相信吧
在每一个夜深人静的时刻

你静静地看
梦会展开翅膀四处乱窜
焦急地寻找起飞的路
磕磕绊绊
一点一点地试着

有梦想的人都会相信吧
在每一次失意落魄的时刻

你静静地听
梦会在你的耳边轻声细语
温柔而又坚定地说着
反反复复

一遍一遍地催着

就这样经常唱着青春的歌
就这样让自己的心永远年轻着
尽管岁月蹉跎
但依然奋不顾身地向往
道路尽头的那片明亮
青山后面的那抹颜色

藤枝蔓延

出了门

便遇见你

婀娜多姿的你

似乎一直在为我等待

我的眼前

在白日里竟飞满了萤火虫

生命里

无疑还有许多奇迹

但肯定没有一个

会如今天的你

如此迷幻

我驻足

忍不住思量

灵魂的契合会有几层重叠

我相信

那一瞬

我们重合着

你那么勇敢骄傲

没有一丝退让的生长

拔高的声音

如同重锤

在耳边敲击我的心灵

一阵紧过一阵

我听得发了呆

不由得拆开了渺小的盒子

一切

不再那么沉重

这

都是你的感召

是生命的意义

你说

你说
努力攀爬不仅是为了果子
即便是莛枝
也该张扬着挺立向上

你说
选择孤独并不一定孤寂
义无反顾地走
才更有力量

你说
人行于世担当必不可少
许多责任
总要拢起来背在肩上

你还说

爱到深处情浓也只放在心里

轻易出口

就像满地的芳菲隔了花墙

我默默凝望着你

懂所有你的一切

无数个朝阳夕日

你始终执意笃定地走着

分甘绝少　繁华看尽

大雪固城也未曾动摇你前进的步伐

而我

就像鹿儿追着血桐树

紧紧跟随

愿和你并肩

走过葱郁的年华

守候长久

清醒

车缓缓启动
速度开到 70 迈
北京的路少有的畅快
在寒冷的冬天
索性打开天窗
让冷风进来

世上的事
有那么多的不尽如人意
世上的人
有那么多的不幸和悲哀
人世间
与生死相比
所有的事情都不算什么

多少人是在生死边缘挣扎

多少人又是在煎熬里痛哭流涕

人们啊

你活着

颓废和不快乐

都可以

但千万不要没完没了

不要轻易地就放弃

那些从你的指缝儿里

溜走的时间　热情

还有未来

因为那些

是别人在梦里

都觉得遥不可及

却还在奋力追赶的东西

盘桓

盘桓的时候

想用手掂一掂日子

你知道吗

就像一片青绿的叶子落下来

你觉得它很轻

蚂蚁觉得很重

盘桓的时候

想在渡口拨弄旋转的风车

你知道吗

站在枝头悠然踱步的鸟雀

你觉得它自由

蝉儿知道它终要回来

盘桓的时候

想到大河的尽头踩踩水

你知道吗

温柔抚摸脚腕流淌的河

你觉得它逍遥

菹草明白它叹息着无法停留

我总想

在盘桓的时候做点什么

或许只是蹙眉望月

用不停歇的笔填满思绪

然后

筛选掉生命中

那些只是掠影的迹象

用心记住

让灵魂震颤着馥郁康庄

暗香
深溪
致远

梦想

梦想
就是那扇头顶的天窗
不知道
什么时候打开
打开了就不想关上

梦想
就是墙上那幅五彩的画
经历了岁月
褪去艳丽
可画的灵魂仍旧在纸上

梦想
就是你心头最美的月亮
有时圆满
有时如钩

但永远挂在天上

梦想

就是一丝一丝流逝的时光

岁月洗涤

姿容不再

可青春还在激荡

梦想

其实不在梦里

只要你想

每时每刻

都可以起航

寻

沮丧或失落的时候

如果你愿意

可以　一个人

去热闹的小馆

吃最大碗的面

听天南海北的音

可以

静静地坐着

让热腾腾的气

弥散开来

罩住整张脸

要让它

打湿眼圈

借着模糊

你　可以哭出来

没有人奇怪

只是　要记得
哭过
尽快擦干眼泪
朦胧的视线外
是匆忙的过客
也可能
是熟悉你的人

回声

从另一个方向吹来了风
有叶儿还有寒冷
我安静地感受着一切
任风无惮
像柳絮沾上了眉头
像海棠花落下了花雨
我只默默地闭上眼睛
聆听

我不曾抗拒过岁月
也从未留恋着容颜
抓不住的一切
索性就让它展开　延伸
淡淡地留下
痕迹

远处

传来了回声

那是在心里的呐喊

在无比喧嚣的场地

自有馨香　清冽

也有片刻

安宁

绽开的花儿

如果你觉得无助

那是生活的累从未将尔彻底地粉碎

如果你觉得迷惘

那是流过的眼泪还不足以让你崩溃

如果你觉得失落

那是逝去的岁月从未让你胆战心惊

如果你觉得卑微

那是自由的灵魂从没有在你的心里扎根

越过去的永远不是高山

那是你在成长的盘梯上迎着风

挥手找到的勇气

漂流过海的永远不是船舶

那是你在无际的天空口追着海燕

唱着歌领略到的豪情

再陡峭的山

也有险峻庄严的美

如果你不怕跌落

你可以攀着石壁登上山顶

独享它的奇特

再滔天的巨浪

也有亲吻海面时的温顺

如果你不怕撞击

你可以随着它的翻滚尽情领略它的波澜壮阔

你相信一切

一切为你而来

你拥抱生活

生活像花儿一样为你绽开

逆流而上

最累的

是逆流而上的动荡

你　逆流而上

动荡便可丢到风里

那拍打岩石的巨浪最强劲

你把双臂有力地架起

昂头就能领略大河磅礴的潮起潮落

最难的

是逆流而上的落寞

你　逆流而上

落寞便能摁到心底

那升起的帆必兜着风斡旋

你挺身勇敢地向前

抓住桅杆就能体会波委云集的辽阔

最苦的

是逆流而上的迷茫

你　逆流而上

迷茫便会抽干挂起

那险峻的激流在崖边格外凶险

你沿着陡壁无畏地登攀

从此万物都渺小着不再和你比肩

请在趑趄的时候

逆流而上

逆流而上

就有了赢得胜利的冀望

41

暗香
深溪
致远

飘

无论寒风吹到哪儿

心要依然热着

看红霞满天

那碧海斑斓

无论路如何漫长

心要依然美着

看高山流水

那薄云若烟

无论夜怎样蔓延

心要依然亮着

看烛火点点

那诗书缱绻

无论年轮怎样旋转

心要依然寻着

看幽幽芳草

那小曲婵娟

缘来的

都是梦中的期许

伸手便能轻松抓住

消逝的

都是留不下的

微笑着挥手转身就好

一切的一切都浮沉如寄

你看

那破土的幼蝉

它小小的身躯

在努力攀缘

瓶底的人

有时候

忽然跌进了一个瓶子

瓶口狭长纤细

是玻璃的

你看得见外面花花绿绿的世界

但没有力气爬上去

透过玻璃的一切都变了形状

有点古怪杂沓

有些扑朔迷离

瓶底凸起

站不稳

坐在瓶底的最高处

呼吸有些困难

四周是滑滑的

压抑袭来

带着寒气

把眼睛闭上

用手摸一摸

好凉

就如同摸着颗颗陌生的心脏

手触及的那一刻

会有些紧张

想用心思考

便有轻微的耳鸣声响起

夹杂着

整个世界里的声响

一片混乱狼藉

来来往往的人群

漠然地穿梭

近了又远

没有人停下来

哪怕是那么一丝的好奇

瓶口射来的光

是刺眼的

亮得炫目

你想去发现

可什么也看不见

索性

就睁着空洞的眼睛

一眨不眨

安静享受着

瓶子里的孤独

暂时远离了生活的围剿

思想变得轻盈

心可以自由地放飞

像尘般

如丝如缕

细雨般

晶莹秀逸

于是

慢慢地舒上一口气

不自觉地

嘴角又想微微上扬

清菊·简单

母亲说

做人

应如清菊

淡雅有香　自得安逸

今日　与母亲之茶亦如此

微苦回甘

别有一番滋味

忙碌时

日月不清

夏秋疏落

母亲常怒色嗔叹

我从不敢多语

只伴赧然一笑

敏感之人多思

只在最清醒时才能发现

亲人

还有身边所有用心爱你的人

只让你懂得了复杂

却没有舍得你去亲身经历

生活偶有波澜

也是

别有用意送你的不同景致

人生本如密林

一叶可遮心

我却事事想得简单

总觉世界通透了然

可以简单着

真是一种莫大的幸运

因而

心怀眷念

常系感恩

未来之路

大概荆棘丛生依旧

但我

仍想简单下去

如母亲所想

用自己的能力

做一个灵魂有香气的

简单人

流浪

想去流浪

心似叠影般跌跌撞撞

我如果去流浪

必定是红鬃烈马

手里握着剑

在月牙儿挂上枝头的暮色里

眼角有夜霭里的虫在闪光

一路向北

隐于丛林如墨

襟带舞在身后

脚下扬起飞尘

从不畏惧

或清涤生蔓

或污浊于泥

惬意行走江湖
敢剑指苍茫的是
无欲随心

向往恬淡
白衣素裹自得潇洒
敬畏执拗
登峰落谷自得超逸

我喜欢剑走偏锋的无限
我慷慨思绪荡漾的无束
想到信仰最自由的地方
去朝圣
想到灵魂最放肆的地方
去沐浴
海角天涯不停

软剑　青觥还有俊俏的马儿
鲜活的
都在透过远山的袅袅暗流里
幻化不止

看前路和归途

栉风寻觅

定然能够找到一处

流浪可以安放的

永恒之地

第二章　缘愁

万重山

壶口瀑布

你澎湃

而又深沉地奔涌

如黄龙不羁地翻腾

第一眼

就爱上

我赤脚轻轻踩过你厚实的胸膛

我的指尖轻柔地触碰你的臂膀

你没有沉默

我也一样

我想

一指一指地丈量

慢慢地来回

然后

壶口的风把时间凝固

缘愁
万重山

打湿的发将记忆封存

我四处
找寻你的眼睛
每一次对视
都不陌生
恍惚间
竟想跃身和你紧紧融合

你依旧
雄阔地咆哮
不舍瞬息
激荡千百年
不变的沧桑
我
早已不是我
但你一定知道
我来了

予儿的美妙

清晨

一只小手来回轻抚我的眉

这独有的依恋

亲密如旧

我醒来

你呢喃着

转身又睡去

田蛙

此时在庭院里叫

我忍不住闭上眼睛

想象它的模样

即便奇特

也有一丝亲切

窗外有光

透过浅黄色的布帘

像串起的珍珠一样掉到屋里

好看极了

你的嘴角有笑

不断地翘起

在你彩虹般记忆里

蓝色的鞋子中

多了许多苏梅岛细软的沙子

海水浸湿的发缕间

多了许多查汶夜市浓郁的榴梿香

晚上

我们坐在沙滩上数星星

海浪

总是偷偷的触摸着脚底

你许了心愿

连我也不告诉

只对着大海使劲摇晃着手臂

那稚气欢快的神情里

有无数的遐想

也有

无穷无尽的美妙

卜算子·青萝

细雨洗青萝,藤叶晶莹翠。
恰遇隆冬雪里梅,绿白相间醉。

霾散亦清心,蔓舞迎风擂。
点绛茸黄落院庭,愿入香泥内。

海面上的倒影

那是姑娘

不小心洒落地面上的油彩

深深浅浅的脚印

是有人追逐自由的痕迹

那是城市

喧闹之后波光粼粼的倒影

光怪陆离中

有着无法诉说的无奈

那是大海

潮汐聒噪留下的深情诗韵

温存细腻而且宁静

没有风

波澜依旧在

没有海鸥

欢快嘹亮的叫声还萦绕耳畔

还有

看不到的浪

从很远很远的地方袭来

颤抖

你看

那只红顶翩然的黑天鹅

有一缕忧伤藏在眉间

它不停地在湖心转圈

是不是因为暮色无息的渲染

我颤抖了手

我颤抖了心

轻轻按下了键

你看到吧

我大概还是那个十九岁简单任性的姑娘

被你喜欢在云端

在匆忙里不知该如何

留下岁月无声的沉淀

秋来

秋来料峭

秋雨似是而非的魅惑

像永远双眸低垂孤傲耷的姑娘

不迂回

片片绿和黄还有点点扭捏的红

都在填满记忆厚重的诗笺中

起舞　旋转

冷艳的落拓不羁

秋的情绪从来炽烈

不掩饰

也未在意过谁

哪怕雁儿归去

青云裹着冉冉的朝气遥寄

也不曾憩息

一日便是数日

秋意蔓延

北京的秋

浓郁

秋来料峭

秋雨苍莽

忧愁

我就这样忧愁了一个冬天

因为没有到来的雪

我对它的满天飞舞望眼欲穿

喋喋不休

而后

就陷入了忧愁

请不要

在意一个女子的忧愁

那只是

屋檐下缔结的冰凌

有了阳光就会一闪一闪

也不要

怀疑一个女子的忧愁

那就是

璀璨的夜空中

星星和月亮最自然的守候

缘愁

万重山

春来了

春天和我捉着迷藏就来了

俏皮地

躲在树后吹哨子

喧闹着

隐在山野荡秋千

在我心里蠢蠢欲动

尽管风还是凛冽

可我闻到了春的味道

浓浓淡淡地旋转着入鼻

那是涂抹了芥末后甜甜的抹茶蛋糕

今年的春

与以往不同

今年的春

是蒻蒻幽眸的少女

站在太阳下

她抬眼望你

远远地就迎来扑面的蓬勃朝气

让你忍不住和她亲近

曾只恋花晨月夕的心也有了隽拔的活力

春来了

我的手里就多捏了一根线

那是经历了严冬后的希冀

有风来

线可以很高

可以很远

也可以岑寂着没有声息

不用知道线的另一端是什么

不用知道线的另一端在哪里

只要它在你手里

就在你手里

浅春

春翠早

雨羞赧

来去浅柳边　心阑珊

了然萋萋罩青烟

也缥缈

却蔚然

路途虽漫远　意绵延

孜孜汲汲不舍朝与暮

谁与伴

离殇

苍穹无月

春来又寒冰

端坐在离他最近处

仅一纸之隔

却再也无法去触摸

拂晓时分

在渺远的天边

我看到几片奇特的朝霞

它似幻影般接近了地面

仿若把金色的袖子

抛下来

迎接故人

故人慈祥地笑着

西行的路上

他一定回头看了这煎熬的人世

带着安适离开

却舍不了融在血里的牵挂

长长的队伍

彳亍前行

尽管

眼里总是不由得噙着泪水

但冥茫深处真切地感受了平静

似乎有温暖的光落在身上

满眼的白啊

像雪花一样

那一地的白

都曾是他凡尘里最美的满足

那一抹白

成人眼里是爱

那一抹白

小娃娃眼里是花

还有

那一根

那一叶

那曾满树的繁华

最亲近的人

带着离殇

带着今生和他的一切

左脚

赤裸

从家到家

爱上一片海

总爱一片海
很难
陌生的人
没有驶向这片海深处的帆船
海忧郁的时候很迷人
但不是每一个人都可以遇见

忘掉一片海
也很难
熟悉的人
走不出这片海深处的蔚蓝
海忧郁的时候很迷人
每一个看过的人都无法坦然

氤氲忧伤

我离不开忧伤

我的忧伤

常带着一层氤氲的水气

弥散在整个奇丽的季节

但我

有些贪心

时常在忧伤中向往太阳

还有那满地洒落的金珠子

它

闪烁着耀眼光芒

吸引着我

一步一步地靠近

太阳的怀抱

是滚烫的啊

灼灼地翻腾着巨浪

那么那么的炙热

仅是靠近

那火辣辣的疼痛

就让人眩晕战栗

我

很想拥抱它

让它把我的忧伤带走

在光与水汽勇敢触摸的地方

把我的忧伤从身体里抽离

可我

还是退缩了

我害怕

在紧紧拥抱它的时候

我会一起燃烧

然后

没有了忧伤的我

也就没有了我自己

我离不开忧伤

我的忧伤

常带着一层氤氲的水汽

弥散在整个奇丽的季节

春熏

夏煮

秋逸

冬趣

一季又是一季

在路上

在路上

风起的时候

妙曼的绝不只是树影

曾来过的一切

不会没有声音

烟柳又吐翠了

连翘也在金浪里招摇

生活撒落的小石子

会在走过的记忆的湖里

投掷得响亮

有阳光

有忧伤

有时浅浅惆怅

有时寂寂杳渺的思虑

就是这样

思虑让我成长

我喜欢在思虑里徜徉

结晶的珠子

五月

是结晶的珠子串起来的清晨

那翠绿的美妙上滚动着碧珠儿

戴于项间

会思索

缠于腕口

会织梦

珠子

在五月里长长的期待

环绕着希冀和依赖

像　会蠕动的触角

紧紧地

稠湿地

盘住焦躁的心

远方

有一个女孩

在不该做梦的年华里

不小心

让梦想开了花

面具

总有人

不愿在清新的生活中戴着面具

把一切裸露

如痴如醉

因为　不近情理

许多人将信将疑

有人赞叹

那是一种单纯

有人鄙夷

那是一种无知的虚妄

伴着春去秋来的岁月更替

裸露的皮肤

经过了

无数聪明人和过来人犀利眼光的审视

变得黝黑和粗糙

还有开裂

可是

总有人愿意

在没有面具的遮掩下

自由呼吸

七月

七月
也清凉
也滚烫
颤颤的七月最无常

几番
浓至墨绿的爬山虎
随风摇晃
拂过我的长发和脸庞
藤枝
也闻过我年少的芳香

那里有昔日的温存
和我一直记得的
忽然丢在你头上的一片叶的油亮

裸露的石壁与台阶拥抱
仰仗着炽烈的骄阳
慵懒的花猫蜷缩在拐角的暗处
凝固了午后的时光

七月之前是憧憬
七月之后是苍茫

一个又一个七月数过
和那个七月不同
却
又是永远的相仿

苏梅岛

日子
咧着嘴角笑
那一定
是你在清晨或傍晚给它浇了水
蜗牛紧紧地贴着
背上
驮着圆球儿

日子
像小蚂蚁在挠
那一定
是你把最烫手的欲望急着往回推
松软的沙子里落下脚印
有重有轻

此刻的日子

应该就是

刚刚钻出土的蚯蚓

懒洋洋地蠕动

然后

慢慢地拖出一条线

缘愁
万重山

落羽

某个
惊鸿掠过的一刻
偶然邂逅
你在黑洞中翻转

无底的深渊里
像燕尾划出轨迹
时而黑暗
时而亮起

头顶上明净的闪烁
是光的谎言
白色在微尘中抖动不已
因你的不舍

坠落
定是无望的坠落
风吻过你的寂寞
只是玩笑开过

存了记忆的翻羽
沉甸甸的焦灼
然后
继续着无可奈何

我想紧紧抱你

我该怎样用力
才会度过这境地
牵挂和思念
锁在狭长的盒子里

只掀开一角
幼时的气息
便在午夜萦绕着越来越浓郁
推开窗
屋檐下满满的槐花香
挥之不去

知道吗
旧日永不再来
想到这
我颤颤的心儿便无法自已

曾笔直的身躯
像山
拉着小小的我
用半裹的脚
走出了高高低低的印记

那走过的路
都还在
留在我最常回去的梦境
如今
梦依旧是绮丽的

给了我最初远方希冀的
是你
小筑中
隽秀晕染的墨迹
写下了秋草的意义

你说过
要学柔韧的草
一辈子

等待春意

我总是
像你说的一样守候
即使严冬把前路遮蔽
从未犹豫

我该怎样告诉你
有一种光
不耀眼夺目
却是
世上最温暖的存在

看呢
新生的晨曦暮露
仿佛是曾经橘色小灯里的重影
不停地闪

那飘零的叶
都是你隔着千里
将蒙上轻纱的记忆

化成了

我眼前的迷离

姥姥

我想紧紧地抱你

爱是缘

如果说
相遇是缘
那么
匆匆离别的人们
一定会在缘里思念

就像满天星星
依恋皎洁的月儿
晴朗和幽邃一样
你在
夜空才晦朔璀璨

你瘦削的身体
雕刻于心
你轻柔坚定的话语
萦纡耳畔

感动的泪水没有停过

绕过你微驼的背影

看到了一座大山

但

千万双手抬起了这山

希望

在每一个人心中开出圣洁的花

那远处的光

并不遥远

透过阴霾照射下来

越来越亮

请把你有力的手伸出来

我们

一定紧紧抓住

绝不放开

一隅

树影

思索着

在灰墙上雀跃

是风给了它灵感和勇气

路过的姑娘

用雪白细长的手指

温情地

触过旧式门窗

日光

很柔软

窗下肥嘟嘟的花猫

不愿睁开惺忪的双眼

眯着眼的面颊

像喜庆的年画娃娃一般

两个稚气的孩子

追逐叫喊着

从巷子的岔口跳过

身后是一串银铃般的嬉笑

带着风

一个失意的老人

你惧怕的是什么

是遗忘

还是遗忘之后的恐慌

像迷路一样

是怕忘了谁吗

还是怕谁忘了你

温暖却僵硬的手攥得我生疼

我抱你

你的眼泪流下来

我的眼泪流下来

哆嗦着抹我眼角的泪水

干皱的脸竟是孩童般的紧张

我把手搭在你的肩上

摩挲着哼起小曲儿

你混浊的眼睛里

忽然有了畴昔粲然的喜悦

我把头扭到一边

不让你看我

你的银发在微风中雍雍地开出了花

此刻

两行滚烫的泪在我的脸庞无声地流淌

生日快乐

岁月的年轮

又阒然转了一圈

2017 年的年轮上

挂满了亮闪闪珍珠似的风铃

年轮缓缓地旋转

煦风来

铃儿叮当响亮

我拂着它

禁不住让久敛的梦徜徉

外在的皮相终会一点点褪色

我从不惧怕容颜的老去

灵魂深处的呼唤越来越紧

时光的流逝却让我惊慌

我在铃儿的边上守望
冬季是我最厚实的铠甲
迈过曾经的窒碍踌躇之路
爱使我沉淀和从容

感谢父母将我带到这个世界
感谢徐先生的包容和护佑
感谢一路走来收获的金黄色的友情
感谢岁月的长河里所有爱我和我爱的人

生命
因为有你们而丰满
生命
也因为有你们而厚重

今天快乐　很快乐

第三章　　年华幽意皆盈盈

时间的蔷薇

蔷薇蔓生

在路旁

在溪畔

在角落

微雨浸润着花瓣

也吻着绿芽儿和蕊的粉末儿

脚步轻轻迈过

我似乎嗅到了时间的清香

甜丝丝欢快的声音

是雨后朝露自如地滑落

从未

在蔷薇的面前踟蹰

记忆里

它永远是快乐的重叠

白色和粉色都有

足足装满了整个十九岁

那一年

还有未来的许多瞬间

密集着满枝的沉甸

随意地摇摆

一刻

也不曾停歇

蔷薇的花瓣

纵使零落成碾碎的泥

在时间的河流里消失得没有了踪迹

但它

怒放枝头的骄傲

和沁在回忆里的香气

却弥漫了

从春到冬的无数个四季

有那么一天

你心中张扬的杂草
在疯狂地长着吗
你是不是
也曾
翻越了万水千山
累了乏了
倦了伤了

你是否还记得
在珠帘清脆的日子
青石通幽处
那一间木门草屋
你是否还记得
在一群归鸟掠过的湖边
潋潋碧波处
那一树暖绁新蕊

所以

你 不要走

就留在我身边

抓住细细的线

一起荡着

所以

你 不要怕

就留在我身边

沿着高高的城墙

一起寻着

所以

你 不要停

就留在我身边

摇着小小的桨

一起划着

总会

有那么一天

有一束光

照进我们的心里

让所有的繁华都褪去

让所有的纷扰都平淡

一座陌生而熟悉的城

车窗掠过了陌生的影
高高低低重叠
眼里闪烁着熟悉的街
远远近近排列

树影婆娑的巷口内
是睡梦中怀恋的少年宫
里面
埋着五色的种子

昔日破旧又飘着香气的二马路
藏着珍馐
也藏着纯真懵懂的恋情

心中永远惦念的东方饭店
丰满了岁月

雕琢了时代的情怀

那些一起涂抹颜色的兄弟
曾经喝着青涩的酒
让青春摇滚
午夜绵延的小调
伴着
或澎湃或迷茫的悸动
自由流淌

我从未真切地触摸它们
我只想努力将脑中的这些影像剥开
我本不属于这里
但我热爱这里
我对这里的一切听得熟悉

我听说过龙子湖的长
喜欢张公山的传说
也向往淮河的浪
还有许多
有人一点一点地说予我

如今

我在这神秘而亲切的地方

迎着醉人的风

体会着这陌生而又熟悉的城

塞外

稚子

忠犬

春雪落英

沿着

淡月寒枝的雪路

行走在记忆的从前和之后

在茫然的空旷里

喜欢

嗅着生活最真的味道

放下了牵绊

于无声中

思量着想念的每一个人

烦纤的缝隙间漏下缤纷的光

恬静和满足

是有人织的最大的网

是有人最想要的梦

思念虽短

短不过刹那对视的躲闪

思念再长

长不过凉凉的夜

最好

走到塞外

决绝地走

听不到所有的呼唤

把背影

留给湛蓝的天

也留给

赤诚的大地

让一切永远追逐

而你悠然在外

北方人

天又渐凉
这个时节
最想去江南

掩埋这一季的焦虑
在秋雨淅沥的青石巷边
宛若一株青藤

不要柔弱纤细的攀缘
墨绿嵌着劲蕾
是静默中的恬淡

密实的雨像银丝一般
织了网
窥视一样
来来去去地遇见

若即若离

我这个北方人
不撑一把油纸伞
只祈求上苍
让雨下得多情绵延

笼着热气的雨顺着发缕滴答
罩在脸上
有清晰的痕迹
这痕迹
仿佛我曾颤抖过的心
慢慢融合　平息

我这个北方人
在北方的远方
默念
默念

想飞

想飞
尽管飞得很低
想跑
尽管跑得很慢
远处的你
一直在招手
洁白的裙摆
让我缭绕
想飞
即使飞得很高
想跑
即使跑得很远
梦中的你
一直在微笑
头顶的阳光
让我醉了

午后

翠绿的树荫下

思念一条条

天空

柔软的云朵里

牵挂剪不掉

拥抱

想要拥抱

那个奔跑的少年

你的

还有我的

青春熟悉的味道

浪淘沙 · 同窗

旧梦写轻烟,年岁重重。
南城北淀聚京东。
暮色微沉拂酒盏,漫绪成垄。

淡墨记新谣,俏月秋虫。
同窗烂漫暖嫣红。
厚影斑驳狼火转,忆趣一同。

天堂

你问我
是不是真的有天堂
能不能
抓一根绳子爬上去
悄悄地掀开云彩看一看

你不吱声
就只记住归来的路
先把地图画在手上
然后再记到心里

如果有一天
你爱的人
在那儿迷了路
你会趁着别人不注意
偷偷地

把她接下来

可能
是在一个雪天
也可能
是在梦里
你的眸子清澈见底
但我
看到一个太阳

栀子花又开

从未约定

在午后

北京暖阳里飘着栀子花香的时节

重逢

只是　那独特的年少时的悬铃花

却一直

在梦中摇个不停

每个人的名字

都闪着光

美得像散落在溪畔的五彩石

夏夜　海风

还有落下桅杆白色的帆

秋日　鸣虫

还有云朵叠簇朦胧的山

都在静静等待

等到
铺着青苔的墙边开了花
从一头到另一头
满满的都是
栀子花的香便再也藏不住

我们
也不再彼此张望
不约而同地
就撞开了
沉甸甸记忆的轩门

小予儿

你是风一样的孩子吧
一直在自己喜欢的路上随心奔跑
有时轻柔
有时猛烈

你是雨一样的孩子吧
一直好奇地在有彩虹的天空期待滑落
有时在森林
有时在湖泊

你是星星一样的孩子吧
一直在浩瀚的星空中使劲眨着眼睛
有时很闪亮
有时被遮掩

你是鸟一样的孩子吧

一直扑扇稚嫩的翅膀不断地在试飞

有时成功

有时受挫

你是梦一样的孩子吧

一直在缓慢涂画自己最中意的颜色

有时黑白

有时如火

你还是什么

是灵动的鱼儿

是晶莹的露珠

还是含苞的花朵

哦

我知道了

就在你刚刚抱我的那一刻

小家伙

不要做着鬼脸对我乐

你是

单纯明澈

偶尔调皮

永远笑着

鲜活地留在我记忆里的

另一个我

九月

九月

是一个收获的季节

春天随心播种

夏天恣意生长

到了初秋

便硕果累累

你　若来采撷

便是来获得希望

便是给曾经

现在　和未来的自己

寻找心灵的归途

九月

是一个值得期待的季节

我们这些曾经漂泊过的

孩子

因为彼此的存在

有了统一的根

这根

藏在丛林田间

连着山川大海

系在我们同一个梦上

午夜醒来的你

眉头　蹙着焦躁

胸中　翻着迷惘

眼眸　透着期待

心里是隐隐的喜悦

所有的情绪

都被长长的线

拉回到曾经去搅拌

挫折里

握紧拳头的是你

思念中

无限羞涩的是你

兄弟义气相拥无语的是你

姐妹离别笑中带泪的也是你

或许
我们没有
在同一个教室沐浴青春的阳光
但操场上
食堂边
还有高高的梧桐树下
记忆的河里
一定存留了
你我不期而遇的眼神
或是彼此清瘦的背影

没有刹那便没有永恒
没有相逢便没有记忆
让青春醒来吧
你我一起
追想　思索
然后继续憧憬

感恩生活

有青春的地方是座山

我总是觉得越不过去

人们踏过了小雨之后泥泞的路

都在往前赶着

生活原本有着虚伪和欺骗

可我不愿相信

在灯光流离的城市里我只看见简单和善良

有梦想的地方是片湖

你总是踩在涟漪上面

你说你的梦想被大雪覆盖

再也不似从前

日子可以过得超卓和从容

而你选择沉默

夜晚黑黑的海上随浪摇晃的小船就是你

我忽然想到遥远的那个山坡

我们曾并肩坐着

小溪的流水也曾亲吻着从我们脚下流过

你的长发在溅着水汽儿的空中飞扬

你漂亮的眼睛是那么明亮

我们拉着手约定

永远都要让风铃草在心中存活

白杨树的叶子绿了又变黄

如今

只零星的几片倔强地留在枝上

又是一个冬天

你匆促地来

又迷惘地走

在一个感恩的时节

我在你的旋涡里清楚地看到了寥落

我最亲爱的朋友

生活是会有些无奈

但请不要怀疑和错过

当你一路不悔追赶远方

我依旧会在有我梦想的地方守护着
知道吗
你的诗和远方也都还在
而你只选择了远方

感恩生活
即使你认为它让你不快乐
感恩生活
即使你不止一次咒骂它的残酷和困惑
这原本不是生活的错
真的
只在于你选择了如何选择

天涯

甜甜的桃穰是红色的
油绿的细竹在笋的旁边
幕帘永远垂落

仗剑天涯的时候
一抹红绸
缠　一件素袍
大漠山峦的地方
一把琵琶
伴　一桌纸砚

陈年的酒打开
香气弥漫
舀一勺
对坐

黄叶金柿挂在枝头

清泉飞鱼留在帘外

屋内炉火通明

轻轻地拨弦

低低地吟唱

抬眼

追忆

秋水边上

是无羁的罗绮

孤鹜声里

是追逐的马蹄

年华如意
皆盈盈

我不会

我不会

让心随波逐流

哪怕

前面的大海

藏着诱人的波澜

我不会

去摘枝头那片嫩芽

因为

我想让它

长成浩繁的森林

我不会

抬脚去够

你说的那抹云彩

因为

我想让它

在傍晚的时候

可以梦幻绚烂

我不会

就一个人

守望那片麦田

因为

诚实穗子低垂的脸

也想要别人看见

我不会

让埋着

梦想种子的田园

一点点荒芜

因为

我想冬天过去的时候

可以春意盎然

我不会

再孤单的一个人走

我看见

玫红色的你

永远藏在我的视线

年华幽意
皆盈盈

时光覆盖的芬芳

落叶打在肩头的时候

想写一首明亮的小诗

依稀记得

旧屋檐角下的葛藤花悬在窗底

六月洒脱的飘絮上面是炫耀的骄阳

羞涩清澈的眼中

时时填满了求知的渴望

街边的老树枝间常常挂着淳美的月亮

那年

从山野吹来的风

越过海岸捧着雾灰色的黄昏

你我脚下小石块的记忆里

藏着木吉他的声响

真想拉着岁月的车门带你一起飞奔

真想抓着记忆的年轮带你一起转圈

只是

丢在细雨里的秘密再也找不回来

青云在初晴的天空直上

春洲已把凛冽的田野挂霜

最难留的

是赤子的心吧

芳菲世界回首时都如忱

那么

就把今昔当旧日吧

管他归路蒙烟霭

那么

就把重逢作新日吧

哪怕前路是望不尽的渺茫

牵着手的陌生人

傍晚时分

他和她

牵着手

依偎着从我面前走过

三月的北京

风渐暖

无常地去来

空气中

有浓郁的思念和不安的慌乱

牵着手的陌生人

轻易地

召唤了我的记忆

那排排

挺拔直立的杨树旁

有我们追逐的身影

那盏盏

朦胧暧昧的灯光下

藏了我们耳语的故事

你也曾

拉着我的手奋力奔跑

我急促的呼吸

掩盖了你想说的话

也是一个三月

也是一个微风拂袖的日子

你和我

他和她

在不同的时空里

雕刻了

同样青春记忆的门窗

人生

浮浮沉沉　起起落落
输了赢了在求索
林林总总　轰轰烈烈
情愁爱恨已错过
袅袅娉娉　飘飘悠悠
追呀寻呀皆虚空
聚聚散散　生生死死
贪念痴嗔缘是惑

廿年未有音
有音容已改
举目疾思量
唏嘘曾难忘
纤手愈销魂
青涩也阳刚

一半初心踩泥潭

一半鸿志悬云端

春去秋来数十载

你我只在梦中见

小鱼儿

小鱼儿自在长

在水底

游过油油的绿夏

小尾巴欢快地摇

嘴里的泡泡缓缓吐出来

一圈儿一圈儿

在头顶荡开

细腻的沙子

抚摸着

那刚刚学会摆动的鳍

还有

总在撒娇的小肚皮

小鱼儿自在长

透过

柔柔的薄草

看到了

五彩的光

游过一个山坡

游过一面高崖

游过一片密林

游过整个海洋

金色的贝壳里

小鱼儿在听

静静地听

远处

传来妈妈的叮咛

雪

这个冬天

雪一直没有真正地来

每次

她总是偷偷地

探过脑袋

瞅一眼

就赶紧离开

小孩儿

总在清晨

激动得从热被窝里钻出来

顾不上穿衣服

就跑到窗前趴着看

但　雪没有真正地来

不能躺在她身上打滚

也不能抓着她疯跑撒欢

这让小家伙有些不满

甚至闹起了脾气

姑娘们

总在屋外

尖叫着迎接天空中零星飘起的雪花

迫不及待地

把美丽的心情唤醒

但　雪没有真正地来

不能在她的世界里留影漫步

身后无法踩下

深刻清晰的脚印

这让人觉得失落和遗憾

甚至不想再去打扮

我远远听到

一个娃儿问他妈妈

冬天

为什么不下雪呢

我看着他们

心里也在问

冬天

为什么不下雪呢

我是我镜中的我

我是

我镜中的我

她是

她月中的她

你是

你尘世中的你

在澄明的镜中

潜影　牵萦

在风静树不动的月中

冷露　氤氲

在清澈又污浊的尘世中

菩提　沧海

寻觅吧

没有畏惧

让孤独充盈

我和她

她和你

你和我

都是各自

镜中　月中　尘世中

那缕百转千回的过往

交织又独立

迷惑时

可以缥缈着

无形无踪无迹可循

清醒了

就洒脱着向善向真快意人生

第四章　风漫相思路

千年之吻

闲鸥鸣叫了迂久
等来的依旧是自己的回音
芦苇沙沙摇晃的韵歌
是那烟波一圈圈儿晕开的白色萍迹

千年的寻觅
掠过漾漾芦花
再也没有燃起灼热的火

夜晚的星零碎散落
有成对的身影依偎着眺望远山
在㵐㵆的温柔里彼此诉说

孤鸥盘旋着不忍离去
沉寂冷峻的目光中
熏透了千年祈求的悲悯

一隅三世

三世化鸥

窈冥处竟是千年的等待和期盼

千年决绝的离别

欠了她一个吻

这承诺

绑缚了永生惶慷灵魂的每一刻

北方姑娘

恋的是那北方
和北方城中的姑娘
她的轻颦　她的淡笑
她眼波中的一汪水
偷着看
是秋的忧愁
是夜的娇媚

恋的是那姑娘
和姑娘在城中的北方
它的繁阙　它的厚墙
它苍莽里的一片光
躲着想
是冬的漾影
是晨的心房

恋的是那北方姑娘

北方的城

北方城中的姑娘

扬着翠绡的轻软两端

慢慢拨开密实的烟

是漫城的柳絮翩然

是满袖的

收也收不回来的眷恋

图兰朵

从西到东要多久

不久

隔了五环空间的车流

从锣鼓巷到椰子井要多久

不久

仅图兰朵的长袖

从一人到两人要多久

不久

只眼里瞬间温柔

从相望到相思要多久

很久

梦里独驾一叶轻舟

罗帕白

木梳黄

日月嗅香囊

霓裳薄

浓描妆

笔墨点鸳鸯

浅笑高语眉飞扬

低头沉思眼锐光

我掬一片花海

你攒一树汪洋

都给我

十四载

且走且歌旧模样

坚毅睿智如许

任意自由如我

我轻拨幕纱偷看玄机

你扶肩冷面凝望给予

约定

不急不缓新路启

凉夜

凉夜静坐

雨水溅起花朵

灯下缦帘飞影撩波

夏虫又来

思念满了眼眶

鬓发零乱飘向海湾

又听故人浅唱

又忆佳人模样

蘸了酒的记忆仿佛火苗跳啊跳

素笺长漫

疏密绕过指尖

柳眉紧紧锁着新妆

小烛透窗

步摇敲着离愁

旧梦影子长长短短

又吹西风憔悴

又弹落日孤单

洒了情的想念仿佛陀螺转呀转

卜算子·十年

浅月亮深幽,谧恋生明媚。
骀荡阳光趣映辉,燕语呢喃瑞。

诗赋且低吟,杨柳江边缀。
漠漠十年素手摇,举盏香醪对。

倘若

倘若

那一刻

我在你的眼里是最圣洁的光

繁星点点衬着它闪耀

湛蓝的海水颂唱着诗

那么为何

你曾打湿了的心还是一片汪洋

倘若

那一刻

我在你的眼里是最葱郁的树

春风飒飒围着它荡

澄绿的小草仰望着天

那么为何

你曾冷落的心还被失意无尽地吹

倘若

那一刻

我在你的眼里是最神奇的藤

花枝深深缠着它长

绯红的海棠坠地轻捺余香

那么为何

你曾醉过的心还是彷徨得无处可藏

倘若

你从未想着遥望

就　把你的臂膀打开

让　自由如愿地膨胀

让　心愿自由地痴狂

在翻腾着希望的土壤里

种下一棵又一棵的信仰

大的　小的

彩色的　透亮的

密密麻麻地围着

如同

我们曾经一起想象过的模样

坠崖就飘着

落谷就扬着

困惑就锁着

无路便徘徊着

都要

都好

风漫
相思路

错过

在一个

风里吹着甜味的下午

我又从你的窗前经过

梧桐树的花

有一串

撒着金黄色花蕊的细末儿

落在我面前

我俯身

小心翼翼地将它捡起

拉长的影子

摇曳在你屋前的墙上

你肯定从未察觉

每个影子　连在一起

是一部好看的电影

风吹过

你的指尖轻触长发

这曾是我着迷的时刻

纤细的手指　柔婉生媚

似乎有某种召唤

引我旧念如霖雾

飘若似霖

沾了香的发丝

有一缕

垂落在你的书里

恰巧

就是写着西藏的那页

那是

你曾和我的约定

用一个月

想要慢慢跋涉的地方

只是　你和我的梦

形状千差万别

一个长着犄角

一个飞在天上

永远不会遇见

而今

时光隧道里

影影绰绰

我　一身疲惫

回到了当初

你　依然在那里

但再也看不见我

请把爱情留下

请把爱情留下

如果

你决定离开

那雀儿衔在嘴里的松枝

曾翠意葱茏

干枯蜷缩的荷叶上

也曾盛满生动欲滴的水珠儿

你不必眷恋

也不要回头

就随心大步地走啊

拥有爱情的人

从不惧怕

孤独

请把爱情留下

既然

你决定离开

那虫儿褪去包裹的外衣

是一只骄傲的蝴蝶

满山遍野的桃花儿

也一定在来年燃烧着盛开

你不必忧愁

也不要徘徊

就追逐你想要的未来

拥有爱情的人

从不缺少

归宿

风漫

相思路

风中话

虐雪纷飞

衣袂飘摇

朱墙碧瓦

笛声萧萧

记忆

在眼泪里翻滚

颗颗　坠落她的睫毛

素手红袖穿越重门

萤火漫天流星闪耀

一世烟火已消散

三生情缘刻石磐

恨

几缕青丝绕指间

梦回几次更纠缠

那一年
你牵她的手
凝眉　莞笑
一切柔情
万般幽幽
也狂也痴也疑犹

叹
青峦雾中翠
大漠流沙飞
北归已无路
恋恋难再回
攥一把黄沙
折一枝浓翠
寄予她
且裹着你的思
也沾着你的醉

怜
孤月烛笼跳
倩影潜徘徊

斗篷压喈风

厚雪印履归

远也无

近也非

遥遥难相望

嘤嘤风中对

旧时话

心门

我想靠近你
在你不注意的时候
用手
推开你紧闭的心门

门好沉
在雨季
还不曾被打开过
坚固有力

我不会太用劲
就轻轻地推
门簪那么好看
让我着迷

我也不会焦急

就静静地
依在门上和它说说话

透过缝隙
已经有一束光漾在了我的脸上
让我的心雀跃
我看到了满园子茂盛的翠绿
闻到了淡淡的香气

直到
门闩自己松开
铁环响起
清脆的一声
我便一头闯了进去

你从遥远又熟悉的海边来

你从遥远又熟悉的海边来
带着燃烧的炽热
说是为了我
但我知道
不是
你的到来
仿佛是梦
带着青春的旧忆
直接而又迅猛
让城市刮起了大风

你从遥远又熟悉的海边来
带着你想的真诚
说是为了我
但我知道
不是

你的到来

好像是诗

是你偶然的一次跋涉

悸动而又憧憬

把秋天拉进了旋涡

你从遥远又熟悉的海边来

来到这片驼铃叮当的沙漠

你的汪洋

不会干涸

而沙漠却永远都是沙漠

远方的人

有时候

止步是因为看重

离开

并非错过

一个人的内心

总有那么个地方

在最柔软的角落

被别人

有心或无意地划伤过

小心翼翼地痛着

天的一端

澄莹的清泉上落着浮叶

丛山有皑皑的瑞雪

溪边新绿吐着嫩黄

舍下满树繁花

遥遥地看着

静静地想着

帧帧都那么生动

只是

远方的人

你知道吗

思念

翻越千丘

也不会枯竭

因为　记得深刻

记忆的温度

如果

注定还是在冬天相遇

我会是那满天飞舞松软的雪花

你只要在外面走着

万般柔情的我就会落在你的肩膀

拥抱你

如果

注定还是在雨天相遇

我会是那笼着雾气的蒙蒙细雨

你只要在外面走着

在你耳边低吟的我便会湿润你的脸颊

亲吻你

如果

注定还是在这个年纪相遇

我将会是你眼里闪烁的烛火

只要燃着

你喜悦的深潭就会跟着我跳跃

永不停歇

如果

注定我们还是要相遇

在川流不息中

人群里回眸

一定记得要勇敢地拉我的手

熟悉的温度

即使冷却了百年

我也牢牢记得

我想和你去远方

我想和你去远方
踏着清凉
携着枝丫
追赶一缕风

我想和你去远方
闻着葱茏
捧着花瓣
牵着一片云

你不用看我的眉眼
那定是你没有看过的舒展
你也不要错过我的笑
我的心里开满了百合花

你跟着我走吧

我的行囊里装满了奇思妙想

踩着我的影子

让我把前路探寻好

我种下鹭鸶草

等它扎了根我们便不会迷失

你的眼里会有彩虹

彩虹的一头

是你熟悉的

可爱调皮的丫头

闻到了吗

我随风舞动的青丝

偷偷浸过

你喜欢的黄芽

淡淡的

飘散在这一路我走过的身后

风漫

相思蹉

夜

夜　可以醒着

沸腾

窗　可以敞着

寂寥

用或远或近的呼唤

把思念

汪洋成河

你站在遥远的一边

看到了

纤瘦美丽的身影

几次伸出的手

温柔地穿过月色洒下的光

悬在半空

踟躇　朦胧

隔着薄薄的雾

一点一点地僵硬

最珍贵的

不是狠狠地抓住

而是

轻轻放手

两个人的孤岛

将火热的思念燃起的是谁

像飓风压顶

在无底的空洞里

把两个人的孤寂

牵扯　揉搓

有人笑着

有人在哭

情感的草原上

处处水草肥美

远山层峦起伏

凝雾袅袅

每一点风吹草动

都会惊扰和撩拨敏感的神经

还有脆弱的触须

思或见　念或恋

都如尘

都如烟

可还是想牢牢抓住啊

因为爱

有迤逦醉人的爱

才会有

最美妙的邂逅

最短暂的对视

最伶俜漫长的夜晚

最杳然骀荡的思念

爱来过

我知道
你一定是爱着他的
你眼角边那一直闪烁的泪珠
在黑夜里尤为明亮

我知道
你一定是恨着他的
你柔软的唇被牙齿咬过的痕迹
在黑夜里泛着烈焰的白

如果曾爱得彻底
爱离开的时候不会悄无声响
它必会
像暴雨击起地面的黄土
砸着尘泥飞扬的喧嚣
混浊的

一次又一次地
重复

如果曾爱得彻底
爱离开的时候不会悄无声响
它必会
像悬崖边上滚入深谷的岩石
无路可走地跃身
悲壮地
一山又一山地
跌落

爱来过
一定是来过
爱恨之间
早已分不清谁对谁错
但
你紊乱的心告诉我
它一定是来过

虞美人·蝶恋

水流幻梦轻吟妩,风漫相思路。

泪珠簌簌坠长帷,高髻微垂常盼故人归。

斜阳长影含香霭,姹紫嫣红在。

一生一世几人真?最羡双双蝶舞恋花云。

桃花的颜色

在遥遥相望的两个交错时空里

桃花

早早就酝出了它的颜色

这般娇羞妩媚

这般旖旎春光

有桃林的地方

相思最重

不愿伤流景

却按着

那朵最盛艳的花

在手心

静谧空蒙里

它的颜色

是圣洁的白

撒下种子

栽了春风

把要去远方的路踩好

春雨打湿了画好的眉

涂抹成温柔的黛墨

桃花的颜色展开

每个人心里都会有一种情愫

或浅或浓

是轻是重

只有爱情知道

那卷了雨露的爱情

湿漉漉贴在衣襟

沾着桃花散落的瓣儿

带着香气

一直一直

在生长

隐藏的记忆

你故意

让夜晚黝黑的静

隐了你的热情

如果无法隐藏

你便趔趄着

躲到山间掬一把山泉的清凉

让它冷却

你曾像一座陡峭的山

也曾似一片汹涌的海

在岁月的亲吻下

一点一点的温柔

来时的风

留不住去时的雨

心中的眼泪

唤不醒沉睡的爱

分离

我不想分离

无论和谁

但我抓不住一丝

哪怕

是夏日蝉儿身后树梢上的风

缠绕着的

是无尽的怅惘

远处

有我的思念

就像山谷里连绵起伏的哨声

在耳边

不断地响起

就像燕儿在呢喃

口口相传

我以为

似黯未黯的夜

是一种召唤

记忆里的小山村

在薄薄雾气笼罩着的空气里

藏着梦里最渴望的光

我总是不由得流出眼泪来

笑着伸手去触摸

可是

被细密的雾珠打湿的发

遮住了我的眼睛

面前

远方

都是看不清的模糊

距离

我该不该告诉你
在心里恣意绽放的期许
抵不过
无期的蹉跎
走过一路
都绕不出
盘结的棵棵缀满繁琐的小树

我翩然的衣襟
舀起风
一阵一阵地飘扬
盈盈的娇艳的花朵
雨水在上面自由地滚
怕凌乱
怕风吹
怕飘落

你与我的距离

其实并不远

我该不该告诉你

你的呼唤我其实听得到

却隔着海

横着山

望也望不见

一

一寸浅想

一寸深思

一寸幽幽的月儿上的念

一抹辰光

一抹眼泪

一抹颤颤地拉下帷幔的天边

一片带着风的沙滩

一座扬着香的隧道

一盏披着梦的街灯

在如今

手把手交与我

那个扎紧了口的布袋

密密麻麻地看见

一缕缕

一丝丝

交织了你的　我的

藏也藏不住的

无尽的

缠绵

今夜·那夜

今夜

窗外溟蒙

空气里

裹着百草园的香气

有人舍不得呼吸

小心翼翼地守在记忆的旋涡中

她骑着白鬃的骏马

奔回那日的山城

并肩的木栈道

走了许久许久

她以为

海面荡着的船

听到了要起航的笛声

但它只是踟蹰地摇

仿佛

那一刻

穿越了前世今生

踏过几条街

呷着醇鲜的咖啡

雕镂了寂籁的时光

走过一杯沧海

站在起风的桥上

整个夜色

都亮了

那是满弦的月

浓浓的暮色里

希望都在空中飘

张牙舞爪

在晕出了绯红的脸上

跳动着燃烧的火苗

像赞美的诗

像吟诵的歌

一点一点

扼住了她的呼吸

将她细弱的肩

搂在了怀里

温度

一季的温度要散
谁也留不住
想走的和想挽留的
都徒劳
沉默裂开了
距离

回眸里是平静
陌生得出奇
还不如
只看到清瘦的背影
慢慢地模糊
像是
旧日里
曾熟悉可以拥有的样子

丢了自己

怎样

将装了荏弱的箩筐

腾空

不是只留那些缝隙

我要把你装进去

用你的体积

连同你眼里曾看过的美丽

填满

这段悲伤的记忆

其实没有悲伤

只是

我不小心丢了自己

丢了自己

你便是唯一

怯生生地张望寻觅

鸟儿的歌

便不再悦耳

夏风

也多了些许忧郁

你和她之间

一杯浅茶的温度
是你和她之间虚无的距离
渤海到长城的距离
是你和她之间无妄的宿命

月亮再柔
也可以抚平心灵上黯影斑驳的伤
温暖如阳

太阳再强
却照不到繁枝茂叶幽暗的深处
冷淡似月

你和她之间
是给和得的契约
都在给予

却都无法获得

原来婆娑世间

真切地存在着

言人人殊的搁浅

你和她之间

便是

俗尘相识

灵魂相知

最熟悉的陌生人

在吗

你在吗

总是站在窗前凝望

忍不住地想问

在吗

心头缠绕的线

不知何时

打了结

沉寂的夜

如丝的愁绪被撕扯得生疼

一缕一缕地悄悄坠地

合上的书里

淡紫色书签上

写了一个名字

依在绣花帘枕的一边

咬着嘴唇

想着

念着

漫溢了红酒味道的空气中

便飘起了雪

那是像梦幻一样的蓝花楹

无尘

我闭着眼

用手轻柔抚摸着你的脸

心也摸过

指尖冉冉滑落

舍不得离开

你的呼吸像海

我听到了摄心的澎湃

我是那风

听到也要离开

夜晚的海无边

我努力把你和海都记下

带去远方回味

你斟的酒

甜涩交织在唇齿

眩晕着

想多喝几杯

微茫清晰似在梦中

远处

海的上空

有璀璨且即逝的烟火

你说那是你的方向

我相信有唯一

就算你不承认

因我知道

你心里最无尘的地方

也悄悄住下了一个人

缘尽魂飞

看飞舞的尘埃
跌落
没有声响
看狂热的痴缠
冷却
没有商量

你说
希望下雪
一片一片一片
让冷风肆虐地吹
去哪儿都好

你说
想要喝醉
一夜一夜一夜

让黑暗淹没你的泪

什么都无所谓

你的执念

将你撕烂

辗轧

揉了

扯碎

极尽魂飞

那悠悠的情再绵长

转身便决绝

风筝的线已断

你踮着脚遥望也看不见

所有没沾尘的祈望都绕过灵魂

冷冰冰

相守　即是空

抓住　即是痛

那斜晖底下孑立的人

厚衫湿透

月下是凄凄清辉

娇人蓬垢

欲语无语

止泪难休

唯愿

莫相遇

勾勒的脸

想努力留些记忆在那里
如果有风
风吹来的时候
便会带来你的讯息
思念的那端是笑
是眉眼
是你头顶宽敞的明媚

想努力把那些记忆带走
如果星星亮起
月光也会洒落大地
你的身影会拉长离我远去
思念的这端是泪
是酒窝
是我身旁娇艳的玫瑰

你忘了吗

你忘了吗
你是晚上我想偷偷守护的流萤虫
没有雾的时候
你可以在我的月牙上跳个舞

你忘了吗
你是我想从身后紧紧抱住的精灵
没有光的时候
你可以在我陪你的洱海边上数星星

你忘了吗
你是我想义无反顾闯入的那片芦苇
没有路的时候
你可以在我划船的方向怡然前行

你真的忘了吗

你是我眼中

最倾慕的玉兰

你是我

在梦里轻吹横笛的呼唤

你是我

伸手可以触摸澄澈的溪水

你是我

心门叩动时笑意盈盈的细眉一弯

哦

记得了

你还是紫霞映镜时

我永远永远不变的惦念

结茧的心

我不要清醒

昨夜的咖啡融了方糖它并不苦

我不要忘记

你看我时嘴角微微翘起的温柔笑意

我不要落泪

十月微凉的风吹在脸上并不冷

我也不要彷徨

慢慢逝去的回忆并没隔着几重山

我应该可以继续前行

你看

黑夜里的星斗它就在我头顶上

晚秋枝丫上点点的

全是炫耀的黄和红

还有留恋的绿

早晨朝霞里闪烁的

全是婀娜的光和影

还有不舍的露珠

风

吹不了多久

凌乱的发迟早会停止飞舞

云

飘不了多久

柔软的心早晚会结茧守护

拥抱我的

是宽广厚实的胸膛

感到踏实的

是已被你抓牢的无拘无束

假如爱有天意

清澈的笑
是满墙爬山虎的须子
教室窗外的她
在晚霞映照下美得像一幅画
只一眼
思念便扎了根

无数清晨和日暮还有漆黑的夜里
你悄悄哼唱关于她的歌
一遍又一遍
思念从没有路

写给她却没寄出的情话
是岁月巨轮上的锚
愈久愈沉重
任何一次航行都叹息着短暂收起

你不知道还要漂泊多久

飘向何处

却从未想过放弃

固执地想

假如爱有天意

在一个迷醉的夏日

你偶然听到了刻骨铭心的名字

一刹那

僵硬的身体里血液在沸腾

额头沁出了汗

双手也不自觉地握紧

你静静躲在人群的角落

目光焦灼地追随

许久许久

仿佛一个世纪

终于在她回眸时四目交织

她的双眸闪耀着只有你懂的惊喜

仿佛梦中的你

看到她径直向你走来

未央

轩窗之外

茫茫海天一色

薄翼悠扬的蝴蝶

在红弦时空里翩然舞动

飞到我的肩头

凝驻或醉卧

你的背影越来越远

远地消失在天际看不到轮廓

月儿一点点西沉

在潮汐最重的时候

相思宛如骏马挣脱了绳索

横冲直撞

挣住心头最紧的结

不停地腾跃

我的泪水你可曾看过

我的心你可曾酌量过

不要让爱满了

若溢出楼阁

那便似流沙一指

再多

也会吹散在迢遥的涟涟碧波

微露

天边泛起了鱼肚白
红窗下微露粼粼
露儿说一定不浮泛
滚动也要沉甸甸

丛林升腾起蓝灰色的烟
树灌里曦影瑟瑟
露儿说一定不辗转
星散也要亮澄澄

月牙泉笼起了轻雾
荒漠里梭梭漫天
露儿说一定不独舞
别离也要湛莹莹

你是不是我的微露

你的额头有笑对我的褶皱

它很美

就像有无数说不出的情愫

我是不是你的微露

我的眼角有朦胧的印痕

是无尽的玄妙

种下了赤裸张扬的繁芜

风漫
相思踏